LES

CURIEUX

PUNIS

LES
CURIEUX
PUNIS,

POËME ALLÉGORIQUE.

Par Monsieur DENESLE.

A PARIS, AU PALAIS;

Chez la Veuve D'HORS, fur le Perron
de la Sainte Chapelle, au Soleil levant.

M. DCC. XXXVII,

Avec Approbation & Permiffion.

LES CURIEUX
PUNIS.

 TOI, par qui la Boëte de
Pandore
A fait fortir de fes flancs odieux
Des premiers maux l'effain con-
tagieux

Cette
piéce eft
dans le
goût &
le ftyle
maro'i-
que.

Que l'Univers vit autrefois éclore ;
Paffion folle, indomptable défir
Que toujours fuit de près le repentir,
Voyons en bref combien ta frenéfie
Fit de tout tems le malheur de la vie :
Il n'en eft guére, ô Curiofité
Qui foient exempts de ta fatuité ;
Et prefque point en qui cette manie
Griévement ne fe voye punie.

Rare fçavoir eft un dangereux foin,
Qui bel Efprit fouvent méne trop loin ;
Par fes leçons grave Philofophie,

A

Ne guérit point icelle maladie :

* Pline
e Natu-
raliste &
Empedo-
gle. De ce témoins ces deux Sages fameux * ;

Bien à leur dam jadis trop curieux ,

Qui dans les feux du Gibel effroyable

Firent hélas ! une fin déplorable.

Ces mécréans voulurent par leurs yeux

Etre certains si le Cyclope affreux

Forgeoit illec , ce terrible Tonnerre

Dont Jupiter faisoit trembler la Terre ;

Le mê-
me que
Cyclope. A leurs dépens le Calybe * inhumain ,

Les fit sçavans sur ce cas incertain.

Grand dommage est que de choses si belles

N'ayons d'iceux point appris de nouvelles.

* Arif-
tote. Témoin encor cet autre esprit malsain *

Qui s'intrigua pour le reflux marin ,

Et que le Dieu de la liquide plaine

Pas n'accueillit d'une ame plus humaine.

Ovide
Métam. Déja Dédale & son bien-aimé fils

Pour son malheur jeune homme agile & leste ,

Voguoient à plein dans l'Ocean céleste ,

Entre la Terre & le riche Lambris

Où sont cloüés ces brillans Luminaires

Dont les grands corps meublent les Hémis-
pheres.

Jà ce Vieillard avec un peu d'effort

Se promettoit d'arriver à bon port ;

Quand de son fils la fatale sottise

Fit échoüer la plus belle entreprise

Dont ſoit capable induſtrieux mortel ;
Pour ſe ſouſtraire à ſon deſtin cruel ;
Pour ſe tirer avec tout avantage
D'un ennuyeux & pénible eſclavage.
Il voulut voir, Pélerin curieux,
D'un peu trop près la Demeure des Dieux ;
Afin qu'au moins de retour en ſa Ville
A ſon loiſir, ſur une Carte utile
Il en traçât & les dimenſions,
La ſymétrie & les proportions.
Bien ſe flattant en homme de ſon âge ;
Préſomptueux, ambitieux, volage,
De faire nargue aux plus ſçavans Maçons ;
En leur donnant de nouvelles Leçons.
Mais le Badaut oubliant que ſes ailes
Ne s'uniſſoient qu'avec un peu de poix ;
Apprit alors pour la premiere fois
Que les logis des Cités immortelles
Ne ſont conſtruits de pierre, ni de bois,
Ains de vrai feu ; par quoi la poix fonduë
La plume quitte ; Icare en vain remuë
Ses foibles bras de rames dégarnis ;
Il pouſſe en vain de lamentables cris.
Il tombe, hélas ! ô chûte épouventable !
Et qui pis eſt, pour tout enterrement
Eſt inhumé dans le moite Elément,
Qui ne ſe montre en rien plus favorable.
En coûta-t'il moins cher à Phaëton,   Ov. Met.

A ij

Qui fottement fut curieux d'apprendre

De fon vrai pere & l'état & le nom.

Il fçut trop tard, quand il vit tout en cendre s

Que du Soleil il étoit rejetton.

Heureux du moins fi par fa propre vie

Il n'eût encore expié fa folie.

    Ce fut auffi la Curiofité,

Naiff. de Bac-chus. V. Ov. Met. Charmant Bacchus, de ta gentille mere

Qui triftement fit fa calamité,

Et plaifamment fit accoucher ton pere.

    Le fier Jupin laiffoit fa Majefté

Au Cabinet de la Cour immortelle,

Quand il alloit vifiter cette Belle ;

C'étoit raifon. Un Amant refpecté

N'eft en amour fouvent le mieux traité.

Elle craignant quelque fupercherie,

Et puis d'ailleurs, ayant femelle envie

De voir enfin, fon Galant radieux,

Tel qu'il paroît dans le Sénat des Dieux,

Tel qu'il paroît, lorfque las de Maîtreffes

A fa Junon il porte fes careffes,

Monarque augufte & mari férieux ;

Un certain jour le prie avec inftance

De fe parer de fa Toute-puiffance.

Le bon Jupin eut trop de complaifance ;

Qui n'en a pas quand il a de l'amour ?

Donc remontant à la celefte Cour,

Il ceint fon chef, à ce que dit l'Hiftoire,

Son grave chef, des rayons de fa gloire ;
Bref, il fe met dans fes plus beaux atours.

Notés pourtant qu'il ne prit ce Tonnerre
Dont il matta les Enfans de la Terre,
Ains feulement celui de tous les jours ;
Enfin celui dont autrefois pour rire
Chez les mortels il jettoit la frayeur ;

Qui leur caufant moins de mal que de peur,
Du Roy des Dieux leur annonçoit l'Empire....
Si bien orné, chez l'objet de fes feux
Il s'introduit d'un air majeftueux.

Mais, ô douleur! notre Belle imprudente,
En l'approchant, un peu trop libre Amante,
Fut confumée & réduite en charbon ;
A peine il put préferver fon Poupon
Informe encor, qu'en fa cuiffe il renferme,
En s'en chargeant pour le refte du terme.

  Fils de Cypris, la curiofité
De ta Pfiché, fille trop foupçonneufe,
Par toi punie avec févérité,
Nous fert encor d'une époque fameuf
Rien n'en dirons ; d'un ftile gracieux.
Et mieux que nous, le galant la Fontain.
Traça jadis ce récit merveilleux ;
Or qu'on le life, il en vaut bien la peine.

  Malin défir plus piquant qu'un frelon!
C'eft toi qui fis fur le chef d'Actéon
Pouffer jadis cornes à triple étage.

Ovid.
Metam.

Heureux Chaffeur, s'il eût été plus fage,
Il avifa Diane fans corfet,
Déeffe prude & de morale auftere;
Il l'avifa qui fe rafraîchiffoit
Dans le baffin d'une onde pure & claire;
C'étoit beaucoup : comme un mortel difcret
Il auroit dû s'en aller & fe taire :
Mais loin de ce, le badin de plus près
Veut contempler mille chaftes attraits
Dont même aux Dieux la vûë eft interdite;
Et que jamais la Déeffe fufdite
En fille fage, avec précaution
Ne laiffe voir qu'au jeune Endymion.
A fon afpect, la Troupe chaffereffe
Cache en criant fa pudique Maîtreffe.
Actéon rit, approche pour mieux voir.
Belle Diane alors fans s'émouvoir,
Bien à propos lui flanque par la face
Sa pleine main d'eau plus froide que glace,
Va te vanter, lui dit-elle, imprudent,
De m'avoir vûë autrement qu'habillée.
Lui cependant, d'une ame émerveillée,
Fixoit fur elle un regard infolent.
Mais que vit-il, lorfqu'allongeant l'échine
Il fe mira dans l'onde criftaline !
Que penfa-t'il, en voyant fur fon front
Ce ridicule & honteux Diadême
Qui des maris fait l'éternel affront?

Dieux! quels objets! dans fa furprife extrême
Il veut parler ; il fe cherche lui-même
Hors de lui-même ; il tremble, il fe fait peur ;
Chafte Diane en rit de tout fon cœur.
Se croyant même encor trop peu vengée ;
Elle détache une meute enragée
Qui pour un Cerf le prenant tout de bon
Vous éventra le Seigneur Actéon.
Il n'en faut moins pour que prude s'appaife.

Maître Actéon, jà ne vous en déplaife,
Fîtes fort mal ; on peut à tous hafards
Sur la Grifette exercer fes regards ;
Mais pour objet de fi haut parentage ;
Le meilleur eft de paroître homme fage ;
Agîtes donc en véritable fot ;
Hé ! comme vous qui n'eût fait la fottife ?

Difons deux mots de cet autre Idiot
Qui fit au moins une égale bêtife.
Le bon Céphale en Mercier déguifé ;
Par beaux colliers, bagues & girandoles ;
Et tels joyaux dont femelles font folles ;
Voulut un jour, époux mal-avifé,
Faire un effai fur le cœur de fa femme ;
Dont trop d'amour le rendoit foupçonneux,
Bien à fon dam ; car cette bonne Dame
Sur ce point-là ne le laiffa douteux
Qu'autant de tems qu'en tout commerce hon-
  nête

Ovid.
Métam.

      A iiij

Fémelle en veut, quand elle n'eſt point bête,
Pour propoſer & conclure un marché.

D'être ſçavant Céphale bien fâché
Dit, mais trop tard, maudiſſant la ſcience,
Heureux qui ſçait mourir dans l'ignorance !

Bien-tôt après, très-imbécile époux,
D'un nom en l'air ta moitié furieuſe,
Et comme toi, follement curieuſe,
Paya bien cher un mouvement jaloux.
A ſon mari ſottement attachée,
Dans un buiſſon plus ſottement cachée,
Elle crut bien te prendre au dépourvû ;
Mais l'innocente après n'avoir rien vû,
Finalement perdit encor la vie
Et ne guérit jamais de ſa folie.

Chemin faiſant, parlons de ce coffret

Naiſſ.
d'Fricton
fils de
Minerve
& de Vul-
cain. Ov.
Metam.

Qui renfermoit un ſi joli ſecret.
Sage Minerve honteuſe d'être mere,
De force un peu, d'un très-vilain Poupon,
Du Dieu boiteux monſtrueux rejetton
Et pour le moins auſſi laid que ſon pere,
Dans un Bahu le renferma, dit-on,
Puis le remit ès mains de trois pucelles
De ſon Cortége honorables Donzelles,
En menaçant de châtimens très-grands
Celle des trois qui verroit le dedans.
Déſir de voir, à l'eſpece femelle,
Eſt comme on ſçait, choſe très-naturelle :

Mais, pour aider à son temperament
Déja porté de lui-même à mal-faire ;
Il n'est rien tel qu'exprès commandement ;
Lorsqu'il contient sur-tout quelque mystere ;
Soyez certain que la transgression
Suivra de près la prohibition . . . .

Une heure ou deux nos Donzelles susdites
Fidélement garderent le dépôt.
C'étoit beaucoup ; tentations maudites
Plus d'une fois revinrent à l'assaut.
Mais des trois sœurs Aglaure la Cadette
Enfin succombe ; elle ouvre la cassette.
Ah! Ciel ! quel monstre ! ah! le hideux enfant?
Le fruit honteux ! le dépôt malhonnête !
Voyés mes sœurs, est-ce un homme, une bête
S'écrie Aglaure avec étonnement ?
C'est un Lézard, du moins sa longue échine
Vilainement en Serpent se termine *.

*Eric-
thon a-
voit une
queuë de
Serpent.

Or noterés que ce bel enfançon
Etoit pourtant le Seigneur Ericthon.
Fiere Minerve en étant avertie,
De tout son cœur, ainsi que pensés bien ;
En enragea . . . . *. fille de bon maintien,
Prude en un mot, plus qu'une autre est marrie ;
Quand par sa faute, ou quelqu'autre incident
Aux Curieux la Renommée apprend,
Ses petits tours, ses tacites fredaines,
Et plus encor quand elles sont vilaines.

Sage Minerve après ce cas honteux,
Jà ne sçavoit comment paroître aux Cieux.
Elle devint pire qu'une Furie ;
Aglaure fut grievement punie.
Livrée en proie à ce maigre Démon ;
Qu'on nomme Envie au teint blême & livide
Elle perdit sa figure & son nom,
Et fut changée en une Roche aride.

Que je le plains ! mais que peu je le croi

* Ovide
sur-nom-
mé Na-
son.
Le doux Nason *, lorsqu'il jure sa foi
Qu'il ne pensoit à rien moins qu'à malice,
Que son délit fut une pure erreur,
Quand de Céfar, profane spectateur
Il vint troubler le galand sacrifice.
Dans un païs du monde inhabité
Il eut le tems de regreter Corinne ;
Ses bons amis, sa femme, sa cuisine
Et de pleurer sa curiosité,
Sottise ailleurs quelquefois dangereuse ;
Mais à la Cour en tous tems périlleuse.

Qu'est-il besoin pour notre instruction
De feüilleter & la fable & l'histoire ?
Quelqu'incident de récente mémoire
Faisant sur nous plus forte impression
Operera notre conversion.

Un Jouvenceau que nommons *Hiacinthe*
Fut curieux de voir la belle *Aminthe*
Trésor d'amour qu'un solitaire enclos

Tenoit caché dans un ingrat repos :

Mais de la voir n'étoit chose facile,
Ains en tout point grandement difficile.
Car noterés qu'un certain vieux Dragon
Faisant sans cesse ou ronde ou sentinelle
Plus sûrement la gardoit, ce dit-on,
Que laid Mari sa gentille femelle ;
Si que Mercure & le ribaud Jupin
Eussent illec perdu grec & latin ;
Contre ce roc Neptune eût fait naufrage.
Mais plus qu'amour la curieuse rage
Qui puissamment dominoit nôtre preux
En le rendant vainqueur de tout obstacle
Lui fit enfin voir ce jeune miracle,
A dire vrai digne de l'œil des Dieux.
Dame Venus justement irritée
Qu'un vil Mortel sans prendre son avis
Eût abordé dans cette Isle enchantée,
Piqua d'honneur son impérieux fils.
L'enfant malin se niche en la prunelle
De l'innocente & naïve pucelle ;
Et puis delà visa le Jouvenceau
Si dextrement qu'il lui fit bien & beau,
Non sans douleur, & cuisante brûlure,
Tout juste au cœur une large blessure.

Au même instant la curiosité
Cede la place à la flâme rapide
Qui consuma jadis le fier Alcide.

Du traitre Amour le pouvoir infulté
Paffe encor outre ; une fléche contraire
Bleffe le cœur de la jeune beauté.

Jadis ainfi cet Infant de Cythere ;
Par le Confeil de fa perfide Mere
Sçut fe venger du perfide Apollon
Qui méprifant fa jeunette apparence
Un certain jour d'un air de pétulance
L'avoit traité de petit Papillon ;
Il le rendit amoureux à la rage

Daphné changée en Laurier. Ovid. Met.

D'une Driade indocile & fauvage ;
Qui le fuyoit redoutoit fon amour
Comme un Pigeon la griffe du Vautour.
Notre Hiacinthe eut fortune pareille
A cela près qu'au pied de fa Daphné
Il expliqua fon ardeur à merveille.
Mais quoiqu'il fut & jeune & bien tourné
Elle n'en fut un brin plus exorable ;
Ains au contraire avec un froid dédain
Elle chaffa cet Amant miferable
Qui de douleur termina fon deftin.
Chacun plaignit ce jeune témeraire ;
Mais qu'alloit-il chercher dans la Galere ?
Amour en rit long-tems avec Cypris
Dans les bofquets parfumés de Cithere ;
Si que jamais cette tant bonne Mere
De meilleur cœur ne baifa ce bon Fils.

Joignons à ce quelqu'exemple femelle

Puis mettrons fin à la narration.

Biblis encore innocente pucelle
Avec Ismene étoit en union,
Fille aguerrie & plus sçavante qu'elle.
Le nom d'Amant faisoit l'une glacer,
L'autre d'esprit & d'humeur tout contraire
Ne comprenoit que l'on pût s'en passer.
Elle peignoit à la jeune Ecoliere
Le Dieu d'amour sous des traits si charmans,
Des doux instans que l'on goûte à Cithere
Lui retraçoit des tableaux si rians
Qu'à la parfin notre jeune innocente
Plus ne voulut paroître indifférente;
Ains resolut de bannir la frayeur
Et d'essayer si la flâme divine.
Du tendre Amour, comme on se l'imagine,
Avoit en soi de quoi charmer un cœur;
Mais pour ce faire il falloit un objet,
Objet de mise & dans un âge à plaire.
Ismene en trouve un tout prêt dans son frere,
Le grand Narcisse en beauté plus parfait,
Que ce benêt, dont Ovide à la honte
De nos Mignons la flamme nous raconte,
Il étoit beau presque sans le sçavoir;
Au demeurant d'un esprit agreable,
De doux commerce & de maniere affable,
Bref en tout point rien ne pouvoit se voir
De plus charmant d'esprit & de corsage.

S'il eût été quelque peu moins volage ;

C'étoit pour elle un excellent partage.

De son côté Biblis avoit aussi

De quoi brûler l'Amant le plus transi ;

Un œil mourant, une taille céleste,

Et par-dessus une beauté modeste.

Elle avoit tout, fors cet heureux talent

Qui d'un fripon sçait faire un cœur constant ;

(Je dis fripon en amour seulement.)

De prim-abord la Belle curieuse

En peu de jours se sentit amoureuse ;

Elle rioit de sa simplicité ;

Se répentoit de n'avoir pas goûté

Encor plûtôt les douceurs d'une flâme

Dont les transports extasioient son ame.

De prim-abord Narcisse tout de feu

Après un mois se sentit tout de glace.

Le traitre Amant ne la voit plus que peu ;

De son logis bientôt il perd la trace ;

Ailleurs enfin notre galand est pris.

Son cœur errant n'aimoit qu'à la semaine ;

Il avoit fait cependant la trentaine.

Dieux quel dépit saisit notre Biblis !

Elle chérit sa douce servitude ;

Son cœur d'aimer s'est fait une habitude.

Il brûle encore pour ce perfide Amant

Dès qu'il paroît elle fuit ce volage,

Sans craindre en rien le médisant lengage;
Comme l'on voit le fer suivre l'aimant.
Elle regrette en vain elle rappelle
A son secours sa premiere froideur.

Du fol Amour l'impérieuse ardeur
Regne en son cœur, & brûle en dépit d'elle;
Elle maudit la curiosité
Cruel auteur de sa calamité;
Ne veut plus voir Ismene son amie
Dont le conseil empoisonna sa vie.
Le jour la quitte & la retrouve en pleurs;
Elle succombe enfin à ses douleurs;
Et des grands Dieux la bonté souveraine
Ayant brisé sa trop cruelle chaîne,
De cette Amante ont fait une Fontaine
Assez connuë en un certain Canton
Qui pour jamais s'appelle de son nom.
   Filles de bien dont pareille manie
Trouble le sens, aliéne l'esprit;
De sa liqueur avalés un petit
Et guérirés d'icelle maladie,

F I N.

A P P R O B A T I O N.

J'AI lû par ordre de M. le
Lieutenant Général de Police

un Ecrit intitulé, *les Curieux punis,*
dont on peut permettre l'impreſſion.
A Paris ce 23 May 1737. *Signé,*
PAGET.

VEU l'approbation du Sieur
Paget, permis d'imprimer. A
Paris ce 25 May 1737. *Signé,*
HERAULT.

De l'Imprimerie de MESNIER.